To

Stephen

SOPA DE LIBROS

the MAN
who Believed
that i will have
no problem to
find a woman.

congratulations, you had
reason! (you are rigth!)
with love.

Título original: *Contes per a tot l'any*
© Del texto: Carles Cano, 1997
© De las ilustraciones: Federico Delicado, 1997
© De esta edición: Grupo Anaya, S.A., 1997
Juan Ignacio Luca de Tena, 15. 28027 Madrid
www.anayainfantilyjuvenil.com
e-mail: anayainfantilyjuvenil@anaya.es

1.ª edición, diciembre 1997
29.ª impr., mayo 2017

Diseño: Manuel Estrada

ISBN: 978-84-207-8458-8
Depósito legal: M-25677-2011

Impreso en España - Printed in Spain

Las normas ortográficas seguidas en este libro son las establecidas por la
Real Academia Española en su edición de la *Ortografía* del año 1999.

Cano, Carles
Cuentos para todo el año / Carles Cano ; ilustraciones de
Federico Delicado ; traducción del propio autor. — Madrid :
Anaya, 1997
120 p. : il. col. ; 20 cm. — (Sopa de Libros ; 18)
ISBN 978-84-207-8458-8
1. Estaciones del año. 2. Narración de cuentos. 3. Navidad.
I. Delicado, Federico, il. II. TÍTULO. III. SERIE
849.91-34

Cuentos para
todo el año

SOPA DE LIBROS

Carles Cano

Cuentos para todo el año

Ilustraciones
de Federico Delicado

Traducción del autor

ANAYA

A Aurora Díaz-Plaja, amiga.
Con todo mi afecto y reconocimiento.

Nota del Autor

La conocí hace poco más de un año.
Me dijo que se llamaba Clara, y me explicó que habían pensado ponerle de nombre Aurora, como su abuela, pero nació al mediodía, un poco tarde para llamarse como el amanecer; además, era tan blancucha, casi transparente, que se lo pensaron mejor y le pusieron Clara.

Yo había ido a un colegio a contar cuentos y a hablar de los personajes de uno de mis libros. Ese día estaba especialmente inspirado y todos lo pasamos muy bien. Cuando acabé y ya me marchaba, se me acercó una niña de unos diez años, con una abierta sonrisa, pecas y ojos verdes. Me preguntó si podía hacerle un favor.

—Por supuesto; si está en mi mano...
¿Cómo te llamas?

—Clara. *Entonces me explicó lo del nombre y también que tenía unos cuentos muy bonitos que le había contado un jardinero amigo suyo y que si yo podría publicarlos.*

Intenté explicarle que yo no era un editor ni representaba a ninguna editorial. Ella me interrumpió y me dijo que no era tonta, y que sabía perfectamente qué era yo: un escritor. Lo que ella me proponía era que los publicara como si fuesen míos, con mi nombre, porque a ella seguro que no se los publicarían y a mí, que ya tenía libros publicados, me sería mucho más fácil.

Estaba descolocado. Nunca me habían propuesto nada semejante. No sabía qué decirle. Al final, para salir del paso, le dije que me los dejara y que lo pensaría.

Por razones extrañas que no vienen al caso, aquellos cuentos se quedaron en el cajón de los temas pendientes hasta el mes pasado, en que, mientras revisaba papeles, los encontré.

Me sentí fatal, se me ocurrió lo que pensaría de mí aquella niña y no me agradó nada. Además, los cuentos me habían gustado mucho. Se los enseñé a un amigo editor y me insinuó que con unos retoques quedarían estupendos para esta colección. Intenté entonces buscar a aquella niña para ver si todavía quería publicarlos y si me permitía realizar algún cambio, pero en el colegio donde la había conocido me dijeron que allí no había matriculada ninguna niña llamada Clara, ni ese curso ni el anterior. Les pregunté si me podían enseñar las fotos de sus alumnas por si me había engañado en el nombre, pero tampoco la encontré en el fichero.

Qué extraño. ¿Sería imaginación mía? Pero si la recuerdo perfectamente. Además, aquí están sus cuentos; ¿o no son suyos? ¡Qué lío! ¡Ya no sé si estoy despierto o soñando! De todas formas aquí están, sean de quien sean.

INTRODUCCIÓN

Mi abuela es bibliotecaria y se llama Aurora. Podría llamarse Celinda, Beatriz o Reinalda, pero se llama Aurora. Me han contado que mi bisabuelo decía que la llamaron así porque nació con la luz del día y ése era un nombre que le sentaba bien. Creo que sabe tantas historias como cabellos blancos tiene en la cabeza. ¡Qué suerte!, pensaréis. Pero estáis muy equivocados si creéis que todos los días me cuenta cuentos, ¡qué más quisiera yo! Mi abuela vive muy lejos y sólo puedo ir a verla una vez cada mes y medio. Además, siempre que voy está ocupadísima preparando conferencias sobre dragones, hadas y brujas o contestando montones de cartas que le envían. Pero siempre encuentra un ratito para hablar conmigo y dejarme un buen puñado de los mejores libros ilustrados de su biblioteca.

Lo que más me gusta de su casa es que tiene un jardín muy bonito, lleno de plantas y de gatos. Ella dice que los gatos no son de nadie y que saben buscarse la vida solos, pero, por si acaso, todos los días les cocina platos y platos de comida a los que viven allí y a los que van de camino. Así

están ellos de lustrosos. El jardín me encanta porque me puedo revolcar por la hierba con papá, buscar bichitos con mamá o hablar con Pompeyo, el jardinero.

Mi abuela, que es un poco bromista; dice que el jardinero tiene nombre de músico. ¡Pom-Pom-Pom-Pom-Peeeee-Yooooo!, grita mi abuela moviendo las manos como si tocara el trombón. Eso, claro, cuando él no puede oírla, porque, cada vez que ha-

blan, discuten sobre si ha podado poco o mucho los árboles, si ha abonado la tierra tarde o temprano, o si eso que ella llama los floripondios en realidad es un hibiscus. La abuela dice que siempre viene cuando estamos nosotros, como si nos oliese; ella piensa que es porque le gusta hablar conmigo. Cuando dice eso me hincho como un globo y me quedo quieta, porque creo que, si intentara salir de la habitación, me quedaría encajada en el marco de la puerta y habría que llamar a los bomberos para que me desencajasen. La verdad es que el que una persona mayor y sabia como él venga a verme y a hablar conmigo me hace muy feliz.

Pompeyo adivina el tiempo con sólo mirar al cielo, conoce el nombre de los vientos y sabe un montón de refranes, trabalenguas y cuentos, casi todos relacionados con la tierra, las estaciones, los animales o las plantas. Cada vez que vamos me cuenta uno, y sólo uno, porque dice que así los saboreo mejor y no se me mezclan en la cabeza. Son cuentos cortitos y suaves como una brisa de verano o un beso de luna. Son un tesoro, mi tesoro. Mi padre dice que los tesoros son más valiosos si uno es capaz de compartirlos; por eso me gustaría compartirlo contigo. Ahí van ocho cuentos del tesoro de este año, repartidos en cuatro estaciones.

CUENTOS
DE INVIERNO

EL ÁRBOL DE NAVIDAD

   —Mira qué hermoso está este árbol —me dijo Pompeyo el otro día—, parece como si supiera que ya casi es Navidad. Éste debe de ser primo hermano de otro abeto que yo conocí.

   —¿Me vas a contar la historia?

   —¿Quieres?

   —¡Pues claro!

«Había una vez un árbol, un abeto, que había nacido donde nacen la mayoría de los abetos, en un país frío del norte de Europa. Era increíblemente grande y majestuoso y desplegaba sus enormes ramas en todas direcciones. Era tan grande porque tenía tanto, tanto frío, que había crecido más que ninguno de sus hermanos buscando un poco de sol en las alturas del espeso bosque. Pero ni aun así podía quitarse aquel terrible frío que recorría hasta la última de sus hojitas en invierno, y en ese país los veranos y las primaveras eran tan cortos...

Así que, cuando se enteró de que el dueño de unos grandes almacenes de un país del Sur lo había comprado para trasplantarlo al jardín de la puerta principal de su tienda y decorarlo como árbol de Navidad, le entró tal alegría que le salieron brotes nuevos.

Lo transportaron con sumo cuidado en un camión gigantesco, tumbado y con una buena cantidad de tierra para que no sufriera ningún daño, y a los pocos días ya estaba plantado a la puerta de los grandes almacenes, viendo pasar oleadas de gente. Era divertidísimo mirar las caras e imaginar sus pensamientos, pero lo mejor de todo era que ¡no pasaba frío!

De todas formas, como se acercaban las Navidades, lo llenaron de adornos de arriba abajo, y esto no fue lo peor, porque al encargado de los grandes almacenes se le ocurrió la brillante idea de cubrir el abeto de nieve el día de Nochebuena. Para ello, hizo traer un camión cargado de nieve de las montañas.

¡El pobre árbol no estaba dispuesto a aguantar aquello! Había permitido que lo llenaran de lucecitas intermitentes, de bolas brillantes, de paquetes de regalo, de figuritas de Papá Noel y ni siquiera había gritado cuando le clavaron la estrella en la coronilla, pero ¡aquello era demasiado! Había venido huyendo de los terribles fríos de su país y de las horrorosas heladas, y se negaba en redondo a pasar más frío. Ya pensaría cómo solucionarlo.

Aquel día lo cubrieron de nieve para que hiciera bonito y navideño, pero, al llegar la noche, cuando ya se habían apagado los últimos ecos de las zambombas y panderetas y nadie lo veía, con un esfuerzo descomunal, el abeto enrolló sus

ramas alrededor del tronco y, al desenro-
llarlas con todas sus fuerzas, lanzó los
copos de nieve tan lejos, tan lejos, que la
mayoría cayeron en países muy distantes
y produjeron curiosas historias.

Unos alcanzaron un lugar donde nunca
antes habían visto la nieve y en su camino arrastraron algunas nubes que alivia-
ron la larga sequía que padecía aquella
zona: aquello se interpretó como un mi-
lagro.

Otros copos fueron a parar a los agujeros de los cañones de dos países que estaban en guerra: las armas se estropearon y tuvieron que firmar la paz. Otros cayeron justo en el momento en que se producía un incendio en un hermoso bosque y lo apagaron.

Los paquetes de regalo aterrizaron en un pueblo tan pobre que apenas si les llegaba para comer, de modo que aquellas Navidades todos tuvieron bonitos regalos. Por fin, los copos que quedaron se convirtieron en estrellas fugaces que surcaron la noche y concedieron pequeños deseos a los que estaban tristes y no podían dormir.

Al día siguiente, por la mañana, sólo quedaban las tiras de espumillón por el suelo y la estrella que, obstinada, continuaba prendida en lo alto, pero todo el mundo se maravilló, porque nunca habían visto un abeto tan verde y resplandeciente como aquél.»

LA REBELIÓN DE LOS JUGUETES

Por Reyes, siempre vamos a casa de la abuela Aurora porque prepara un roscón con sorpresa y haba seca, y nos sorprende con unos regalos muy divertidos y originales. Cuando fuimos la última vez, los árboles del jardín descansaban desnudos bajo un cielo plomizo, y a través de la ventana empañada vi la silueta de Pompeyo.

—¿Qué les has pedido a los Reyes? —me preguntó nada más verme.

—Pues... una muñeca que canta y patina al ritmo de la música, un tren, tres disfraces, un juego para hacer pasta, dos puzzles, una colección de libros de misterio...

—¡Ehhh! ¡Para, para, para! ¡Qué barbaridad! ¿No te has enterado de lo que pasó el año pasado?

Aquel tono me sonaba a cuento, pero le seguí la corriente.

—¿El año pasado? ¡Pero si no me acuerdo de lo que pasó anteayer!

«Pues cuentan que el año pasado, en un país muy lejano, sucedió una cosa muy extraña. Era un país en el que la mayoría de los niños tenía de todo; a pesar de ello, siempre querían más. Eran insaciables, no paraban de pedir y nunca estaban contentos.

De esta manera, las niñas tenían colecciones enteras de muñecas y muñecos que hacían de todo: lloraban, reían, se

quitaban el chupete, hacían pipí, caca y, en algún caso, patinaban o tenían hijos. Los niños, por su parte, tenían todos los Megapowers y Superzords de la galaxia. A unas y a otros, las pelotas, los coches, las bicicletas y los peluches no les cabían ya en ningún sitio. Aun así, habían escrito cartas kilométricas a los Reyes pidiendo muñecos que se hurgaban la nariz y unos nuevos Tigrepowers que freían morcillas con unos rayos que lanzaban por los ojos.

Aquel año, la víspera de Reyes parecía que todo iba a ser como siempre, que aquellos niños repelentes tendrían juguetes a montones, pero todo el mundo estaba equivocado. Se estaba armando una gorda, porque los juguetes, hartos de que apenas les hicieran caso, pensaban rebelarse. Se habían reunido en asamblea y habían elaborado un plan, todo ello mientras los Reyes se echaban la siesta para resistir toda la noche sin dormir.

Aquella oscura noche, la alarma electroacústica de Batman no sirvió para de-

tener a ningún ladrón, era la señal de que
la operación "Huida en el desierto" había comenzado. En seguida, las tijeritas
doradas del maletín de la señorita Mary
Pili's empezaron a hacer de las suyas y
fueron cortando el fondo de todas las alforjas de los camellos. Los juguetes caían
suave y silenciosamente sobre la arena

del desierto. Rellenaron las alforjas con globos hinchados para que no se notara nada, y se reunieron al pie de la Gran Duna.

Los juguetes, como ya eran libres, decidieron ir a donde les diera la gana. Cu-

riosamente, todos eligieron a niños y niñas que habían soñado con ellos, pero no podían tenerlos. Dicen que aquellos niños, con estos juguetes, fueron los más felices del mundo.

¿Pero qué pasó con esos otros niños y niñas que lo tenían todo? Bueno, lloraron, patalearon y se arrancaron los botones de los abrigos; sus padres colapsaron la línea telefónica de reclamaciones de los Reyes Magos, que no se explicaban qué había sucedido. Pero, una vez que se les pasó el berrinche, todos descubrieron en su montaña de juguetes algunos que ignoraban tener y les parecieron nuevos, y eran tan fantásticos que se olvidaron

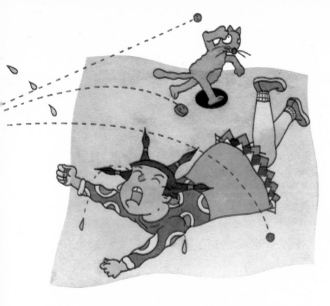

de los que habían pedido. Y así fue como todos fueron más o menos felices, aunque, todo hay que decirlo, unos más que otros.»

—De todas maneras, tú no te preocupes —me dijo Pompeyo—, porque ya te he dicho que esto pasó en un país muy lejano. Aunque yo no me fiaría mucho, porque estas cosas cada vez pasan más cerca...

Me guiñó un ojo y se fue a hablar con la abuela de los bulbos de tulipán, de narciso y de jacinto que quería que le encargase. Creo que voy a revisar mi carta a los Reyes...

CUENTOS
DE PRIMAVERA

La primavera durmiente

Era una mañana de marzo, tan clara y soleada que parecía que estuviéramos estrenando el mundo. Empezaron a llegar las golondrinas con sus inconfundibles sonidos y sus vuelos acrobáticos. Recordé el mismo día del año anterior y le pregunté al jardinero:

—Pompeyo, ¿las golondrinas siempre llegan el mismo día?

—Siempre. Bueno, menos una vez que la primavera se durmió.

—¿Y cómo fue eso?

—Pues verás...

Cuando decía ese «pues verás...» con aquel tono tan particular, yo sabía que iba a contar una historia y, efectivamente, empezó a contarla:

«Hacía ya días que era primavera. Bueno, en realidad era primavera en el calendario, porque en el bosque, en el campo y en las ciudades, el invierno seguía campando a sus anchas. Los árboles continuaban pelados como bolas de billar, y en la tierra no se veía ni una florecilla, ni un triste brote de hierba, aunque el sol ya había derretido la nieve.

—¿Dónde estará la primavera? —preguntaban desolados todos los animales que habían pasado el invierno acurrucados en sus madrigueras. Ahora que habían despertado, necesitaban recuperar fuerzas, pero no encontraban comida por ningún lado.

—¿Dónde está la primavera? —se preguntaban los niños, cansados de ir al colegio con abrigos y bufandas, y con ganas de jugar en el recreo sin temor a la lluvia y al viento.

—¿Has visto al hada Primavera? —preguntó preocupado el sol al suave viento del Este.

—No, pero creo que sé dónde está. Ven conmigo —le dijo el viento al sol.

Volaron por encima de las copas de los árboles desnudos hasta llegar al rincón más apartado del bosque. Allí se encontraba la casita de troncos del hada de la Primavera. Se asomaron por la ventana del dormitorio y, efectivamente, allí estaba. Bueno, debía de estar, porque se veía un bulto bajo catorce mantas, seis edredones y tres colchas.

—No podemos continuar así, esperando. Hay que despertar a esa perezosa —dijo el sol.

—Sí, pero ¿cómo lo haremos? —preguntó el viento.

—Pues... no sé. Déjame que piense un poco, a ver si a esta cabezota caliente se le ocurre algo brillante... ¡Ajá!, ya lo tengo. Mira, tú soplas un poquito y levantas las mantas y yo le haré cosquillas en el pie con uno de mis rayos; ¿qué te parece?

—Perfecto. Es una idea luminosa.

Así lo hicieron y lograron despertarla.

—¡Hummm, qué bien he dormido —exclamó el hada desperezándose; pero, en cuanto vio la fecha y miró por la ventana, se puso a gritar enloquecida:

—¡Madre mía, madre mía! ¡Por todas las hadas y las brujas juntas! ¡Esta vez sí que me la cargo!

Recogió de un manotazo todas sus varitas de colores y, sin peinarse siquiera ni quitarse las legañas, salió volando a toda velocidad.

—¡Lo siento, lo siento!, me gusta ver crecer vuestros brotes y hojitas, pero no hay tiempo —les dijo a los árboles, y en un instante los llenó de hojas con su varita verde. Hizo lo mismo con las praderas, que pasaron de tener un color marrón ceniciento a mostrar un verde esplendoroso. Luego, con su varita roja, hizo brotar amapolas por todos los trigales y los bordes de los caminos. A conti-

nuación, con la amarilla, la azul, la violeta y la naranja, al mismo tiempo, llenó de flores los campos. Dibujó unos paisajes tan bonitos, que el mundo parecía una postal.

En cuanto acabó su tarea en el campo y los bosques, se dedicó a la ciudad. Con su varita transparente de sentimientos hizo que los niños se sintieran más alegres y que a los mayores se les pusieran los ojillos tiernos. Tuvo que repartir también una buena ración de granos en las caras de los adolescentes con su vari-

ta verrugosa. Era la época. Y marcar el
camino con su varita de fuegos artificiales a las golondrinas, que llegaron en
tropel.

Así, pues, en un día hizo el trabajo que
normalmente le costaba dos o tres sema-
nas. Cuando, bien entrada la noche, se
retiró a su rincón del bosque, cayó rendi-
da en el sofá y se tuvo que dar friegas en

la mano, pues la tenía destrozada de tanto manejar las varitas.

Al día siguiente, los animales del bosque y los habitantes de la ciudad encontraron que todo, absolutamente todo, había cambiado: colores, sonidos y perfumes inundaban los campos y los parques, los bosques y las calles de la ciudad. El mundo entero se levantó más alegre aquella mañana y, cuando el Gran Señor del Mundo pasó revista y vio que cada cosa estaba en su sitio, la felicitó.

—Muy bien, Primavera —le dijo—. Ya veo que llevas tu trabajo al día.

¡Ufff! Se había librado por los pelos de una buena reprimenda.»

EL ÁRBOL DE
LAS MARIPOSAS

Pompeyo cree que los mejores jardineros son los japoneses, y dice en broma que tienen los ojos como dos rayitas de mirar tan fijo las hojas de las plantas por si tienen bichos o amarillean. El otro día me contó la historia de un árbol japonés.

«En Japón, que es un país muy lejano formado por islas en medio del mar, crece un árbol que tiene las hojas en forma de

mariposa: se llama ginkgo. No siempre
las tuvo así porque... Cuenta una leyenda
que hace mucho, mucho tiempo, los árboles podían ir de un lado a otro y tenían
hojas durante todo el año, porque siempre era primavera y el viento los acaricia-
ba suavemente. Pero, un día, los árboles
de hoja ancha se volvieron vanidosos y
desafiaron al viento. Decían que eran tan
fuertes y flexibles que ni el más terrible
huracán podría arrancar sus hojas.

El viento se enfadó y aceptó el desafío.
Los árboles de hoja fina se refugiaron en
las montañas. Los otros esperaron al viento en el llano. Y empezó el temporal. El
viento sopló y sopló con tanto ímpetu que
arrancó todas las hojas y las ramas más
jóvenes de los árboles soberbios. Pero sin
querer arrastró consigo muchos animales
y pájaros que no estaban acostumbrados
a su fuerza. También se llevó los seres más
delicados del aire: las mariposas.

Un árbol de hojas finas vio una nube de mariposas azotada por el viento. Estaban a punto de perecer arrastradas por el huracán. Algunas, extenuadas, dejaban de aletear y se estrellaban contra el suelo. El árbol no podía permitir que se perdiera algo tan bello, así que abandonó su refugio e intentó salvarlas. El viento soplaba tan fuertemente que arrancó sus

hojas, pero él extendió sus ramas y todas las mariposas encontraron en ellas un lugar donde guarecerse.

Cuando cesó el huracán, las mariposas volaron libremente y fueron a buscar un lugar más cálido, porque el viento había soplado tanto, y tan fuerte, que había traído el invierno. Los árboles ya no podían moverse, ni huir, porque habían

transformado sus pies en raíces para no ser arrastrados por el huracán. El viento pensó que vivir siempre sin hojas sería un castigo exagerado, pero, para que los árboles de hoja ancha no olvidaran nunca su gesto orgulloso, todos los años se llevaría sus hojas y traería el invierno.

Al llegar otra vez la primavera, a todos los árboles les brotaron hojas nuevas.

Bueno, a todos no, porque al árbol de hoja fina que había salvado a las mariposas no le salía ninguna. Estaba muy triste. Entonces, las mariposas, agradecidas, se posaron sobre él para hacer de hojas. Se turnaban. Iban y venían. Siempre había una nube de colores revoloteando en su copa. Nadie había visto nunca un árbol tan hermoso. Hicieron esto durante tanto tiempo que al final acabaron convirtiéndose en hojas de verdad. Y así es como nació el ginkgo, el árbol sagrado del Japón.»

Seguramente no fue así, pero qué más da. Pompeyo cuenta unas historias tan maravillosas...

CUENTOS
DE VERANO

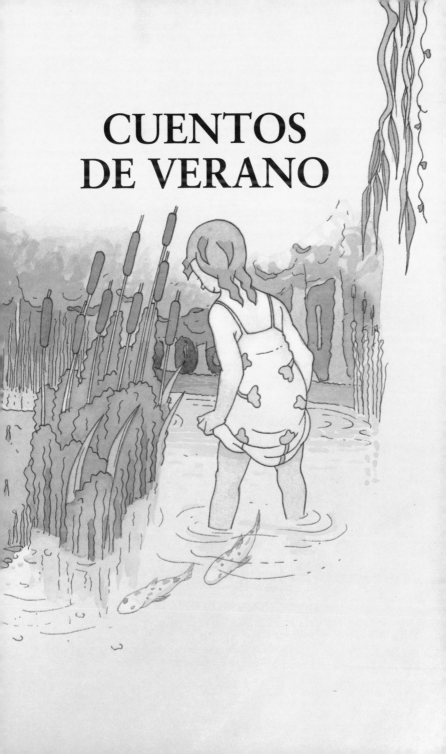

EL NIÑO QUE APAGÓ LA LUNA

Hay padres que se empeñan en enseñar a sus hijos todas las cosas de golpe.
«Mira, hijo —les dicen—, esto es una
mantis religiosa, y eso es un planeta; se
sabe que es un planeta porque no tiene
luz propia, como las estrellas, ¿lo ves? Y
aquello es un relámpago; y éste es el es-
ternocleidomastoideo, el músculo que sir-
ve para girar el cuello, y esto otro...» y,
claro, los niños se arman un lío treme-
bundo, lo mezclan todo y no entienden
nada, porque la sabiduría se adquiere
poco a poco, a traguitos, igual que tu

abuela se toma el poleo; de esta manera se asienta y se queda para siempre.

—Ésta que te voy a contar —dijo Pompeyo— es la historia de un padre apresurado que quería enseñar todo, en dos días, a su hijo pequeño.

«Una noche de luna llena, mientras el pequeño dormía, se le ocurrió despertarlo para enseñarle la luna y explicarle que era un satélite, y que estaba lejísimos, y que se veía brillante porque, como los planetas, reflejaba la luz del sol, y que tenía influencia sobre los mares y las plantas... y no sé cuántas cosas más. Subió a la terraza con el niño medio dormido en brazos y le dijo:

—¡Mira, es la luna!

Ya iba a empezar la lección de astronomía, cuando el niño entreabrió un ojo y vio aquello tan brillante. Había sido su cumpleaños hacía dos días, y se le ocurrió que quizá fuese como una de aquellas cosas, también brillantes, que había en su tarta de cumpleaños y, sin pensárselo dos veces, sopló. Mejor que no lo hubiera hecho, porque la luna, ¡la luna se apagó! El niño se puso a aplaudir con sus manitas regordetas y dijo:

—¡Bieeeeeeeennnn!

Entonces el padre se quedó tan boquiabierto y arqueó tanto las cejas que se le puso cara de zapatilla. No entendía nada, pero estaba claro que el bandido aquel que aplaudía desde el balcón de sus brazos había apagado la luna de un soplido. Notó un escalofrío por la espalda, miró desconfiadamente a un lado y a otro por

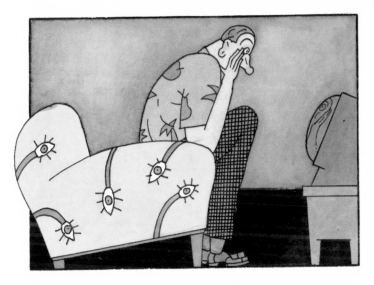

si alguien lo había visto y bajó a casa con los ojos redondos como lunas y la cara con una palidez lunática.

"Y ahora, ¿qué pasará?", se preguntaba el padre; el hijo no se preguntaba nada porque, al bajar en el ascensor, se había dormido con la carita apoyada en el hombro de su padre. Éste dejó al niño en su cama y, absolutamente abrumado, intentó buscar una solución a aquel desastre. Estaba claro que no podía dejar a la humanidad sin luna, pero ¿qué podía hacer? De pronto cayó en la cuenta de que, a veces, cuando se plantaba ante el televisor y ponía cualquier tontería de programa, se le iba el pensamiento y se le ocurrían unas ideas de lo más fantásticas. Entonces fue a encender el televisor, pero pensó que seguramente ya estarían hablando del desastre en todas las cadenas y eso lo angustiaría más, así que decidió comer. Siempre que se sentía muy angustiado, la comida le quitaba un poco de ansiedad. Abrió la nevera y vio un pedazo de tarta del cumpleaños de su hijo, con velita y todo. Iba a hincarle el diente a aquel pedazo de tarta cuando le vino una idea.

—¡Claro, cómo no se me ha ocurrido antes! —exclamó.

Cogió la caja de cerillas, despertó a su hijo, que dormía con una sonrisa plácida, y se lo llevó a todo correr, subiendo las escaleras de cuatro en cuatro, hacia la terraza porque no podía perder tiempo esperando el ascensor. Una vez allí encendió una cerilla, se la dio con mucho cuidado a su hijo y le señaló en la negra

noche el lugar donde antes estaba la luna. El niño comprendió en seguida y pensó que su padre quería que encendiera otra vez la vela para volverla a apagar y aplaudir como habían hecho en su cumpleaños. Cogió la cerilla, y levantándola... ¡encendió otra vez la luna!, que se fue iluminando, poco a poco, como una vela. El niño se disponía a soplar otra vez cuando su padre le tapó la boca rápidamente y le dijo:

—No, cariño, ya no es hora de soplar, es hora de tomar un biberón, ¿vale?

El niño se quedó conforme y el padre..., ¡bufffff!, respiró tranquilo. A partir de ese momento pensó que se tomaría con más calma eso de enseñarle a su hijo todas las cosas de golpe.»

UNA ESTRELLA DE VERDAD

El otro día fui a la playa a pescar con Pompeyo. Bueno, lo llamo pescar por decir algo, porque en realidad fuimos a dar de comer a los peces, ya que ponemos el cebo sin anzuelo. Si, a pesar de todo, alguno demasiado tonto se engancha a la comida, lo devolvemos otra vez al agua. Como pescar es lento y un poco aburrido, Pompeyo, para acortar el tiempo, me contó esta historia:

«En verano, en las noches de luna llena, cuando el agua todavía conserva el calorcito del día soleado, los animales marinos olvidan por unas horas sus ins-

tintos de cazadores o de víctimas, se dan una tregua y se reúnen alrededor de una gran roca en un lugar poco profundo, donde la luna los ilumina a todos y pueden verse las caras. Allí cuentan historias. Historias que pueden servir para escapar de los humanos, como las del pulpo Tintoretto, tan artístico él en sus entintadas huidas, o las del cangrejo Marcelo, que siempre se vale de sus afiladas pinzas.

Algunas historias no tienen un tono tan aventurero, pero son igualmente interesantes y útiles, como cuando el mero Alfonso saca su colección de anzuelos y explica cómo los ha conseguido y cómo nadie tiene por qué deslumbrarse ante aquellos curiosos y terribles aparejos.

Otros animales marinos cuentan historias simplemente por el placer de contar o de que los escuchen. Éstas siempre empiezan con: "Había una vez un rey Tritón que tenía una sirena encerrada en una torre de coral..." o: "Esto pasó en el tiempo en que las ballenas usaban peluca y los tiburones eran educados..." De esta manera, todo el mundo sabe que son cuentos

marinos y que no han sucedido jamás. Pero lo que tampoco había pasado nunca es que alguien pretendiera contar alguno de aquellos cuentos haciéndolo pasar por verdadero, y eso es justamente lo que pasó una de aquellas noches de historias y luna llena, cuando una estrella de mar subió a la roca y comenzó:

—Yo, en realidad, no soy una estrella de mar, soy una estrella de verdad, sideral y galáctica.

Todo el mundo abrió una boca de rape, y, de haber tenido cejas y párpados, las cejas habrían salido disparadas hacia la superficie y los párpados habrían temblado como las velas al viento de tramontana. Se creó un silencio tenso, hasta que alguien dijo:

—¡Tú, en realidad, lo que eres es una estrella lunática!

Todos rieron la ocurrencia y empezaron a burlarse de la estrella, comenzando por las otras estrellas de mar.

—Siempre te has considerado diferente porque eres un poco más dorada y más brillante que nosotras, pero te hemos visto comer mejillones y ostras como todas las estrellas de mar. ¿Cómo es que no comes polvo de luna o migas de meteorito? —dijeron con ironía.

—La verdad es que yo no noté gran diferencia entre el sabor de tu brazo, que, por cierto, veo que te ha vuelto a crecer como les crece a las estrellas de mar, y el de algunas de tus compañeras—dijo el pulpo Tintoretto relamiéndose y mirándola con ojos golositos.

—Si fueras una estrella de verdad, no te desplazarías con los ambulacros, esos piececillos ridículos que tenéis todas las estrellas, sino que sobrevolarías el océano dejando un rastro de luz como si fueras un cometa —dijo un pez luna.

Todos reían y comentaban las crueles burlas, pero la estrella no hizo caso y continuó con ojos chispeantes:

—He visto cosas que no creeríais: estrellas mil veces más brillantes que el sol estallar en mil pedazos y perderse en la noche; monstruosos agujeros negros que hacían desaparecer en un instante cuerpos celestes tan grandes como todos los océanos juntos; galaxias enteras que rodaban y cambiaban de color como medusas tropicales...

—Y, aunque fuera verdad, ¿a quién le interesa eso? —intervino una ostra vengativa—. A mí no, desde luego; voy a cerrar la puerta, que hay un poco de corriente.

—¡Uf! ¡Qué sueño nos ha entrado de repente! —exclamaron unas gambas mientras se iban.

—Estamos cansados de oír tantas mentiras —protestaron los demás, y se fueron.

La estrella se quedó sola encima de la roca. Se sentía muy triste. Sin poder aguantar la congoja, rompió a llorar. Únicamente brotaron dos lágrimas de sus ojos, dos lágrimas doradas y brillantes, dos puntos de luz que fueron rodando por la roca y cayeron... ¿al fondo? ¡Nooooo! Cayeron sobre un pez de color de roca que, aprovechando que se confundía perfectamente con el fondo, siempre se dormía en estas reuniones. Cuando las lágri-

mas, como gotas de lluvia de verano, se posaron sobre él, despertó. Entonces contempló maravillado cómo aquellas pequeñas manchas luminosas se extendían hasta cubrir todo su cuerpo de un resplandeciente color dorado que centelleaba bajo la luz de la luna.

—Gracias, estrella. Yo sí te creo —le dijo el pez a la pequeña y sorprendida estrella de mar. Y lenta y orgullosamente desapareció brillando en la noche.

Y es por eso que en el mar hay unos peces que se llaman doradas.»

¡Guau!, cómo me gustaría pescar una dorada...

CUENTOS
DE OTOÑO

EL OLEDOR
DE VIENTOS

No soy nada original a la hora de ponerme enferma; a mí me gustaría resfriarme en verano y coger insolaciones en invierno sólo por llevar la contraria, pero suelo coger los catarros en otoño, los continúo en invierno y, con un poco de suerte, los abandono en primavera. Soy una experta en jarabes, pastillas e inyecciones, y es que el viento y el frío siempre me pillan desprevenida y me tumban a traición. Este otoño caí a la primera, como una mosca. Estaba muerta de rabia, especialmente porque me constipé justo cuando tocaba ir a casa de la abuela Aurora, así que me perdería uno de los cuentos de otoño de Pompeyo. Ya me había resignado cuando, maravilla de maravillas, el miércoles llegó por correo urgente una carta de Pompeyo; decía así:

Querida Clara:

Hay cuentos que contados fuera de su tiempo no suenan igual, les falta el olor, la luz, el sonido, alguna cosa que hace que todo encaje y ruede suave, como la rueda de un molino. Si te contara este cuento en invierno o en primavera, no sonaría igual, se oirían crujidos, sonidos extraños..., y no puedo esperar al año que viene; ¿y si se me olvida? Por eso te lo envío por carta.

«Érase una vez una isla azotada por los vientos. En los tejados de las casas no había antenas de televisión, ni normales ni parabólicas, ni de ninguna clase, porque, el día que el viento decía "aquí estoy yo", las antenas, como peines gigantes o sartenes sin mango, rodaban por toda la isla. En la mayoría de las casas había veletas de hermosos diseños: gallos, pájaros, peces, caballos, aviones e incluso tre-

nes que daban vueltas a merced del viento. En las plazas había historiadas rosas de los vientos con los nombres en varios idiomas, y todos los habitantes de la isla, antes de salir de casa, lo primero que hacían era consultar las veletas. Según el viento, decidían si se quedaban en casa, jugando a las cartas o al parchís, o si se marchaban a sus trabajos.

Había en aquella isla un personaje muy importante, que se llamaba el Flairador: era un oledor de vientos. Los isleños le consultaban cualquier decisión importante que fueran a tomar, porque, aunque conocían a la perfección los vientos, sus nombres y sus consecuencias, no podían olerlos, ni tener aquella percepción profunda que él tenía. Así, las parejas le consultaban qué día era el más indicado para casarse, los labradores, cuándo plantar o recoger las cosechas, los hombres de negocios, cuándo deberían iniciarse las empresas importantes y arriesgadas, y el Flairador, hasta la fecha, nunca había fallado.

Hasta que llegó un día en que se equivocó. Fue un pequeño error, casi sin importancia, pero suficiente para que la gente empezase a dudar de la eficacia del Flairador. "Si se ha equivocado una vez, se puede equivocar mil", decían. A partir de entonces, se volvió inseguro y taciturno, por miedo a fallar de nuevo; sus pronósticos ya no eran tan claros, cosa que aprovecharon sus enemigos para mal interpretarlos. En poco tiempo, perdió su trabajo y fue sustituido por complejas maquinarias.

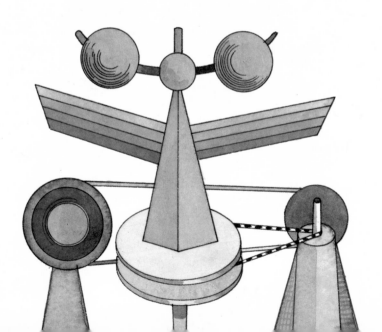

Aquellas máquinas eran capaces de averiguar, con una precisión sorprendente, la dirección, la velocidad, la frecuencia o la humedad de todos los vientos, pero no podían olerlos, ni saber si serían buenos o no para emprender un viaje, escribir un libro o plantar un árbol. De esta forma, los isleños empezaron a equivocarse: realizaban viajes desastrosos, publicaban libros inútiles, plantaban árboles condenados a secarse..., pero fueron incapaces de rectificar, de volver a pedirle al Flairador que oliera los vientos. ¿Cómo iban a reconocer que se habían equivocado? ¿Qué harían con aquellas máquinas complicadísimas? El oledor de vientos malvivía con lo que a escondidas le daban algunas personas que todavía creían en sus poderes.

Por fin llegó el otoño, la estación en la que más trabajo tenía siempre el Flairador. Entonces él olió un viento extraño, desconocido y maligno. Intentó avisar a las autoridades, a los habitantes de la isla, pero nadie, excepto los pocos que creían en él, le hizo caso. Todos ellos abandonaron sus casas y la isla antes de que se produjera el desastre.

Era un viento que parecía no venir de ninguna parte, como si se originase de repente desde la tierra o desde el cielo. Rodaba en círculos cada vez más grandes hasta desaparecer. Eran pequeños tornados, muy intensos en el centro, pero que

inmediatamente perdían fuerza al diluirse hacia fuera. Muchos habitantes se asustaron ante aquel fenómeno y se escondieron. A otros los pilló desprevenidos en la calle y les dio unas vueltas de peonza sin

más consecuencias; por eso, poco después, los niños salieron en busca de los tornados para dar vueltas como en un tiovivo. Los más atrevidos hacían cabriolas y volteretas en el aire. De la desconfianza del principio pasaron a verlo como una curiosidad, y todo el mundo se dejó llevar o fue absorbido por alguno de aquellos tornados. Nunca debieron hacerlo, porque aquel viento, sin que nadie se diera cuenta, se llevó su mayor tesoro.

El viento desapareció tal como había llegado, de repente, justo una semana después de haber hecho su aparición. Y entonces, nada más marcharse, comenzaron a suceder cosas extrañas: hijos que dejaban de querer a sus madres, amigos que se ignoraban, o también enemigos que dejaban de odiarse...

La gente perdió sus sentimientos. Aquel viento se los había robado. No fue un cambio repentino, sino que se produjo poco a poco, pero, en una semana, en aquella isla no había tristeza ni alegría, ni amor ni odio, ni lástima ni crueldad. Vivían como robots, sin importarles nada, y nadie quería ir a visitarlos porque su indiferencia se contagiaba. Los isleños dejaron de viajar porque tampoco tenían deseos, así que aquella isla se fue perdiendo en el

olvido. Los que llegaban allí por casualidad huían despavoridos al darse cuenta de lo que les ocurriría. Si se quedaban más de un día, acabarían atrapados sin remedio en aquella isla como en una tela de araña.

Ahora nadie sabe exactamente dónde se encuentra la isla. Hay quien dice que, un otoño, aquel viento loco volvió en forma de gigantesco tornado y arrancó la isla de cuajo, se la llevó por los aires y la devolvió otra vez al agua, donde navega a la deriva envuelta en una tenue niebla. Si alguna vez llegas a una isla triste, en la que los habitantes, sin brillo en los ojos, no miran a la cara, huye, huye antes de que sea demasiado tarde.»

Aunque las letras no pueden reemplazar nunca a la voz, es como si hubiera oído todo esto de labios de Pompeyo. ¡Brrrrrr! Tengo escalofríos, no sé si por esta historia o por el catarro que he pillado.

LA ESTRELLA CAÍDA

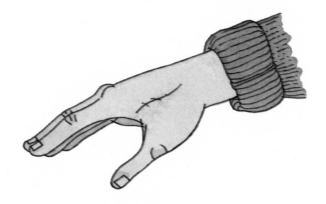

Pompeyo tiene una cicatriz en la mano derecha, justo donde se juntan el pulgar y el índice. Le sube hacia arriba, casi hasta la muñeca, y tiene forma de lagartija. Cada vez que le pregunto cómo se la hizo me cuenta una historia diferente: unas veces dice que le mordió un dragón; otras, que una salamandra saltó del fuego y se posó en su mano; otras, que es una «ese» de suerte y que nació con ella; en fin, lo que se le ocurre. Una vez me contó que le apareció una noche después de darle la mano a un pastor, y me contó esta historia:

«Una noche fría y tranquila en la que miles de estrellas nos guiñan el ojo, una de ellas, la más pequeña, se soltó del hilo que la sujetaba y se dejó caer.

A causa del viento del espacio que le daba en la cara, iba dejando tras de sí un rastro de luz, un sendero de lucecitas de colores, que a quien lo viera le serviría para formular un deseo. Poco a poco fue tomando velocidad. ¡Nada podría detenerla! ¡Era la estrella más veloz del universo! Así fue hasta que... ¡clas!, ¡cataclás!, ¡plonc!, ¡plunc!, ¡plinc!... tropezó con un planeta. Era un planeta pequeñito y desastrado, y en él vivía un coleccionista de estrellas fugaces. A ella no le hacía ninguna gracia pasar el resto de su vida en una urna de cristal, con un nombre extraño escrito en una etiqueta, y teniendo que soportar las miradas de un montón de turistas ociosos, así que, antes de que el coleccionista la capturase, se dejó caer rodando por la cara sur de aquel planeta y..., ¡zissssssssssss!, ya estaba otra vez navega que navegarás por el espacio sideral.

Como dominaba perfectamente el sentido de las corrientes cósmicas, a veces, al planear, trazaba toda clase de dibujos con el rastro de estrellas que dejaba a su

paso, hacía señales luminosas en alfabetos desconocidos e inventaba palabras que regalaba a los enamorados de la noche. Así, durante mucho tiempo, fue cayendo por el espacio vacío.

Después de viajar durante todo ese tiempo y repartir un poco de alegría por donde pasaba..., ¡plinc!, ¡cataplinc!, ¡clinc!...,

fue a parar a una nube. Era una nube pequeña, esponjosa y blanca. Se sintió tan cómoda, tan a gusto, que decidió quedarse a descansar; además, como a la nube también le gustaba desplazarse, pensó que era mejor hacerlo en compañía. De vez en cuando, la nube descendía del cielo para beber, y entonces la estrella se subía a la parte más alta para no mojarse los pies. Por donde pasaba iba soltando centellas de colores, que al llegar a tierra se transformaban en plantas que crecían, florecían y se marchitaban en una sola noche tras conceder un deseo pequeñito a quien las encontrara.

El viaje transcurría apaciblemente hasta que, una tarde triste, aquella nube, siempre tan blanca, se volvió gris oscura, casi negra. Daba miedo mirarla. Pronto aparecieron otras nubes tan oscuras como ella y comenzaron a chocar unas contra otras. Las chispas se produjeron en seguida, los rayos y relámpagos iban por allí como Pedro por su casa, y la estrella saltaba de aquí para allá tratando de es-

quivarlos. Después de un buen rato de rayos y truenos, todas las nubes rompieron a llorar y, a fuerza de derramar lágrimas, se fueron deshaciendo, como ella, que, de tanto dejar trocitos de luz por el camino, se había quedado muy, muy pequeña. Con el aguacero, se había calado hasta los huesos, y se dejó caer despacito desde la nube que se deshacía.

Cayó lentamente desde el cielo hasta posarse sobre un gran árbol; en él, encontró refugio bajo una hoja hasta que cesó el llanto de las nubes. Poco tiempo después, salió un tímido sol y un gran arco de colores se dibujó en el cielo. La estrella se puso encima de la hoja y se extendió al sol para secarse.

Se quedó a vivir en aquel árbol, que por la noche parecía un árbol de Navidad con su estrella en lo más alto. Y todas las noches, cuando el viento se calmaba y el silencio envolvía el bosque, las hojas miraban hacia arriba y escuchaban las historias que la estrella contaba sobre su viaje por el espacio.

Un día, las hojas organizaron un gran baile y se soltaron de las ramas que las sujetaban. Aquel día, el viento estaba juguetón y las hojas bailaron valses y polcas y formaron corros y cadenas. Todo el día duró el bullicio. Ya de noche cerrada, se acabó la fiesta con unos fuegos artificiales dirigidos por la estrella, que fueron muy aplaudidos. Por fin, agotadas, las hojas se echaron a dormir al pie del gran árbol, arrebujaditas para paliar el frío.

En aquellos fuegos casi se había agotado la luz de la estrella; solamente le quedaba un puntito brillante que amenazaba con apagarse.

Fue allí, al pie del árbol, entre las hojas secas, donde la encontró un pastor a la mañana siguiente, aterida de frío. La cogió entre sus manos cuidadosamente y, en ese instante, la estrella dejó de brillar.

"¡Qué extraño!", pensó el pastor. La metió en su zurrón y, al llegar a casa, la puso encima de la chimenea. Le pareció que, cerca del fuego, estaría bien. La estrella ya era sólo como un pequeño tizón que no tardaría en enfriarse, pero en la mano izquierda de aquel pastor quedó una marca pequeña en forma de estrella que, en los días fríos y oscuros, desprende una luz dulce que le da calor y compañía.»

Índice

Escribieron y dibujaron...

Carles
Cano

—*En la introducción de estos relatos hace un pequeño homenaje a las abuelas que antaño explicaban cuentos. ¿Cree que esta costumbre se ha perdido con la llegada de la televisión?*

—Sin duda, la llegada de la televisión supuso perder ese espacio en común, después de la cena, en que se hablaba en familia, se contaban sucesos, historias... Ahora la televisión tiene movimiento, música, efectos especiales..., pero le falta la capacidad de ensoñación de aquellos narradores; creo que es por eso que se está volviendo a recuperar la costumbre de contar cuentos.

—*Su experiencia como guionista de televisión ¿le ha influido a la hora de escribir historias para niños?*

—Los escritores somos una especie de vampiros que absorbemos historias, experiencias, sensaciones...; todo eso va cayendo en un pozo y después, a la hora de escribir, lo recuperamos mezclado, contaminado o cambiado. Trabajar en la televisión supuso adaptarme a contar historias muy visuales en menos de un minuto y aprender a utilizar todos los recursos técnicos que la tele ponía a mi alcance; quizá eso ha hecho que mis historias tengan un componente muy visual, que se «vean» bien.

—*¿Nos podría contar una anécdota sobre alguno de los cuentos que aquí se publican?*

—Las historias surgen de la forma más inesperada. A veces las he inventado a partir de una imagen, de una conversación oída al azar o de un hecho curioso. En *El niño que apagó la luna,* ese padre que sube a la terraza fui yo, y el niño que sopla fue mi hijo. Por suerte, la luna no se apagó, porque fue en verano y él cumple los años en enero y no tendría la tarta de cumpleaños en la nevera. No sé qué pasó en aquellos momentos por su cabecita, pero fue tan mágico y me dejó tan sorprendido que sólo tenía que contarlo.

Federico
Delicado

—*¿Cuáles fueron sus inicios en la ilustración de libros?*

—A finales de los 70 trabajé en una pequeña editorial que producía material audiovisual bastante innovador. Dibujaba historietas en el tebeo, ilustraba y confeccionaba páginas para la revista juvenil. Pero sobre todo disfrutaba de la oportunidad de ver muy de cerca el trabajo de ilustradores como Balzola, Escrivá, Pacheco, Forest, Calatayud, etc. Ilustré el primer libro en Altea, un texto de María Puncel. De aquella colaboración guardo un recuerdo entrañable.

—*En la actualidad colabora en prensa; la síntesis que exige este trabajo ¿le facilita la elaboración de la ilustración de libros?*

—El trabajo en un periódico es efímero y sometido a la presión de la actualidad, mientras que en el interior del libro las ilustraciones reposan, casi duermen, tienen tiempo, forman parte del sueño. Es eso lo que pretendo armonizar.

—*¿Qué secuencias de los cuentos le han parecido más sugerentes desde el punto de vista plástico?*

—He tratado de reflejar, a través de las portadillas de las estaciones, la relación entre Clara y Pompeyo a lo largo del año. Este último es el personaje más interesante para mí. He pretendido que asome a sus ojillos la inocencia de un niño muy mayor, muy sabio y bondadoso. Así lo he visto yo.

SOPA DE LIBROS

OTROS TÍTULOS PUBLICADOS
A partir de 8 años

Mi primer libro de poemas
J. R. Jiménez, Lorca y Alberti

Un libro de poemas tiene una magia
parecida a los cuentos donde aparecen
varitas de oro que transforman lo que tocan.
Los poemas tienen también secretas palabras para transformar las cosas.

La sirena en la lata de sardinas
Gudrun Pausewang

¿Se puede encontrar una sirena en una lata
de sardinas? ¿Puede una princesa convertirse
en un dragón? En este libro encontrarás estas
historias y otras aún más fantásticas.

Los traspiés de Alicia Paf
Gianni Rodari

Alicia Paf no se sorprende si va a parar a una
página llena de ilustraciones y habla con el Lobo
o si cae dentro del tintero o se mete en una
pompa de jabón... Ella siempre sale airosa de
sus fantásticas aventuras, a pesar de los muchos
traspiés que da.

Los caminos de la Luna
Juan Farias

Quien logra disfrutar de las cosas sencillas nunca llega a aburrirse. Es lo que le ocurre a Juan el Viejo, que transmite a su nieta Maroliña la sabiduría de su larga experiencia.

Las raíces del mar
Fernando Alonso

Si la ciudad de Siburgo se encuentra a trescientos kilómetros del mar, ¿cómo es posible que exista la tradición entre los jóvenes de ir a navegar y surcar los siete mares? La clave del secreto está nada menos que en la biblioteca, adonde acuden Mar y Ramón...

La bolsa o la vida
Hazel Townson

Ante la posibilidad de que se produzcan catástrofes, Colin suele llevar consigo una bolsa con los utensilios imprescindibles para una situación de emergencia. No obstante, cuando se produce la alarma en la Central de Energía Atómica, él no dispone de su bolsa pero su generosidad es decisiva en el desenlace...